HAST DU ETWA SCHON WIEDER DEIN SMARTPHONE VERLIEHEN?

Bibliografische Information der Deutschen Bibliothek
Die Deutsche Bibliothek verzeichnet diese Publikation in der Deutschen Nationalbibliografie; detaillierte bibliografische Daten sind im Internet über http://dnb.de abrufbar.

Schmidt, Kim:
Die Local Heroes Band 16, Selvieh, Dollerup: Flying Kiwi Verl. 2014
ISBN 9783940989215

Die Local Heroes erscheinen u.a. regelmäßig in allen Zeitungsausgaben des sh:z und im Bauernblatt Schleswig-Holstein

Flying Kiwi Media GmbH
Schulstr. 5
24989 Dollerup
Tel.: (0 46 36) 97 68 299, Fax: (0 46 36) 97 68 298
Email: info@flying-kiwi.de

1. Auflage 2014

Druck: CPI books GmbH / Leck, Inhalt gedruckt auf Recyclingpapier

Besuchen Sie uns auch im Internet unter
www.flying-kiwi.de
www.flying-kiwi-shop.de
www.kim-cartoon.com
www.comiczeichenkurs.de
www.guellerup.de
www.landleben.sh

Local Heroes Band 16 „Selvieh“ ist auch als EBook erhältlich: 

BINGO!
DIESER WERBESLOGAN
PASST ZUM WETTER!
SCHLESWIG-HOLSTEIN
DER ECHTE NORDEN
SH

KLEINE PLANUNGSÄNDERUNG:
EISHOCKEY-TRAINING FÄLLT
HEUTE AUS, MÄDELS!

NA? GUTE VORSÄTZE FÜRS NEUE JAHR?
NEE, DAS SIND NOCH DIE FÜR 2013!

DIE LAUFEN HIER IN JEDEM JANUAR RUM.

ICH MACHE
7 WOCHEN OHNE
NASCHEN !
ICH MACHE
7 WOCHEN OHNE
FERNSEHEN !
UND ICH
MACHE 7 WOCHEN
OHNE FASTEN !
MAMPF!
SCHLABBER!

HE MISTER! ABHÖREN UNTER FREUNDEN GEHT GAR NICHT!

NACH SO 'NEM LANGEN WINTER KRIBBELTS EINEM RICHTIG IN DEN FINGERN, STIMMTS?
KiM

HAST DU
DIE UHR
VORGESTELLT?
JOU.

NA, HOFFENTLICH HABEN SIE AUCH 'NE TÜTE DABEI!
Kim

ICH SAGS EUCH: DAS WIRD DER YOU TUBE - HIT!

MELKEN?
SPÄTER.
NOCH NICHTS VON DER NEUEN IMAGE-KAMPAGNE DER LANDWIRTE GEHÖRT?

EIN HARMLOSER AUSSCHLAG.
NACH OSTERN IST DER WIEDER WEG!

KALT!
GAAANZ KALT!

OSTERN IST VORBEI, CHEF! WIR WOLLEN UNSERE EIER ZURÜCK!

DAS IST ALSO DER DANK FÜR DIESEN RIESEN-AGGEWARS!
SCHLUCHZ
KIM

LEUTE, DIE STRANDKORB-SAISON IST ERÖFFNET!
23
16
7
KiN

BEI MIR NUR DIE SPITZEN, BITTE!
UND KÖNNEN SIE AUCH STRÄHNCHEN?

IN DEINEM VEREIN STINKTS JA GANZ SCHÖN ZUM HIMMEL, WA?
25
ADAC
Kittl

KOMISCH: LAUT NAVI IST DIE WELLNESSFARM GENAU HIER!

DIESE VEGANER
FRESSEN UNS HIER
ALLES WEG!

SO'N DING WILL ICH AUCH! DANN BRAUCH' ICH NICHT MEHR SELBST ZU GRASEN!
KIM

WIR STELLEN UNSEREN WM-KADER AUF!
PISS
POTT
PISS
POTT
PISS
MUHSIL
SCHWEINI
KIM

UND WER IST DEIN LIEBLINGS-SPIELER?
SCHWEINI!

DÜRFEN WIR MIT GUCKEN?
?

DIE SILLAGEFOLIE GIBTS
IM FIFA-FANSHOP!

WEISST, WARUM JOGIS JUNGS SO WEIT GEKOMMEN SIND? DAS SIND WÜHLER!
Will

DER REINSTE
RINDERGARTEN!
TICK!

DIE FLIEGEN HEUTE!
DAS WILL ICH SEHEN!

DAT IS GUT
FÜR DEN
TENG!

HIER ISSES SO HEISS,
DES GLAUBST NET! DES GANZE
MEER IST FORT! EINFACH VERDUNSTET!

DIE SIND ALLE
FRISCH GESCHOREN!

IM URLAUB KANN MEIN MANN AM BESTEN ENTSCHLEUNIGEN!
BRAAAAA

MOIN. KANN ICH HELFEN?
JA. HABEN SIE EINE WATT-WANDERKARTE DABEI?
PUTT PUTT PUTT
HUS 30
Kiw

ALSO DAS HÄTTE ICH VON ROBERT DE NIRO NICHT GEDACHT!
ROBERT ZERSTÖRT UNSERE KNICKS

DIESE DINGER VERHUNZEN
UNSERE GANZE SCHÖNE LANDSCHAFT!
KINN

IRGENDWO HIER HABE ICH MEINEN MP3-PLAYER VERLOREN, RANDVOLL MIT "BEST OF WACKEN 2014"!
WOA

NA KOLLEGEN,
SOLLT IHR AUCH
AUFN SWUTSCH?
HH
KIEL
NORLA
KIM

ABER... WAS SOLL DAS DENN?
WIR SPENDEN!
KIM

WAR JA KLAR:
SOBALD GEBLITZT WIRD
FAHREN ALLE LANGSAM!

DE KNICK HIER
MUTT RÜNNER!
NORMAL ODER
HABECK-SCHNITT?

ENDLICH RUHE! HANS-WERNER HAT FÜR DIESES JAHR DEN RASENMÄHER EINGEMOTTET!

HE CHEF! WIE SIEHT DAS AUS MIT'M LÜTTEN ZUM GRÜNKOHL?
MAMPF!
KNURPS!

GUCK DIR DIESE PRÄCHTIGEN ÄPFEL AN!
KIM

DER UMWELT
ZU LIEBE
SCHIESSEN WIR
KONSEQUENT
BLEIFREI!
PENG!
PENG!
PENG!

IS 'NE
WETTE !

VOM ORKAN
HABEN WIR
ZUM GLÜCK
NIX ABGEKRIEGT!

FERTIG MIT LAUBHARKEN?
JA GLEICH.
FERTIG?
AUGENBLICK NOCH!
JETZT FERTIG?
JA! JA, ICH BIN FERTIG! ZUFRIEDEN?

JA!
ARSCHBOMBE!
?
KIM

HIER HANSEN: BITTE STREICHEN SIE MEINE HEIZÖL-BESTELLUNG!
STIEL
STIEL
Kim

OHA! BURN OUT?
NEE, WEIHNACHTS-MARKT!

GANZ EHRLICH:
ICH FINDE WEIHNACHTEN TOTAL NERVIG! NÄCHSTES JAHR FLIEG ICH IN DEN SÜDEN!
KIM

HE, SPORTSFREUND!
HINTEN ANSTELLEN!
PARCEL SERVICE
Paketdienst

NA, DER STURM
HEUT' NACHT
WAR JA HALB
SO WILD!
KIM

GANZ EGAL, WAS KOMMT:
ICH NEHM'S LEICHT!